Tucholsky Wagner Zola Scott Fonatne Sydow Freud Schlegel Turgenev Wallace Twain Walther von der Vogelweide Fouqué Friedrich II. von Preußen Freiligrath Weber Frey Fechner Fichte Weiße Rose von Fallersleben Kant Ernst Richthofen Frommel Hölderlin Engels Fielding Fehrs Faber Flaubert Eichendorff Tacitus Dumas Eliasberg Ebner Eschenbach Feuerbach Maximilian I. von Habsburg Fock Eliot Zweig Ewald Vergil Goethe Elisabeth von Österreich London Mendelssohn Balzac Shakespeare Dostojewski Ganghofer Lichtenberg Rathenau Trackl Stevenson Doyle Gjellerup Hambruch Mommsen Tolstoi Lenz Thoma Hanrieder Droste-Hülshoff Dach Verne von Arnim Hägele Hauff Humboldt Reuter Karrillon Rousseau Hagen Hauptmann Garschin Gautier Defoe Baudelaire Damaschke Hebbel Descartes Hegel Kussmaul Herder Wolfram von Eschenbach Schopenhauer Darwin Dickens Rilke George Bronner Melville Grimm Jerome Bebel Campe Horváth Aristoteles Proust Bismarck Vigny Barlach Voltaire Federer Herodot Gengenbach Heine Storm Casanova Tersteegen Grillparzer Georgy Lessing Gilm Chamberlain Langbein Gryphius Brentano Lafontaine Strachwitz Claudius Schiller Kralik Iffland Sokrates Bellamy Schilling Katharina II. von Rußland Gerstäcker Raabe Gibbon Tschechow Löns Hesse Hoffmann Gogol Wilde Vulpius Gleim Luther Heym Hofmannsthal Morgenstern Klee Hölty Goedicke Roth Heyse Klopstock Kleist Luxemburg Puschkin Homer Mörike Musil Horaz La Roche Machiavelli Kierkegaard Kraft Kraus Navarra Aurel Musset Moltke Lamprecht Kind Kirchhoff Hugo Nestroy Marie de France Laotse Ipsen Liebknecht Nietzsche Nansen Ringelnatz Marx Lassalle Gorki Klett Leibniz von Ossietzky May vom Stein Lawrence Irving Petalozzi Platon Knigge Pückler Michelangelo Kafka Sachs Poe Kock Liebermann Korolenko de Sade Praetorius Mistral Zetkin

Der Verlag tredition aus Hamburg veröffentlicht in der Reihe **TREDITION CLASSICS** Werke aus mehr als zwei Jahrtausenden. Diese waren zu einem Großteil vergriffen oder nur noch antiquarisch erhältlich.

Symbolfigur für **TREDITION CLASSICS** ist Johannes Gutenberg (1400 — 1468), der Erfinder des Buchdrucks mit Metalllettern und der Druckerpresse.

Mit der Buchreihe **TREDITION CLASSICS** verfolgt tredition das Ziel, tausende Klassiker der Weltliteratur verschiedener Sprachen wieder als gedruckte Bücher aufzulegen – und das weltweit!

Die Buchreihe dient zur Bewahrung der Literatur und Förderung der Kultur. Sie trägt so dazu bei, dass viele tausend Werke nicht in Vergessenheit geraten.

Der Goldkäfer

Edgar Allan Poe

Impressum

Autor: Edgar Allan Poe
Übersetzung: Gisela Etzel
Umschlagkonzept: toepferschumann, Berlin

Verlag: tredition GmbH, Hamburg
ISBN: 978-3-8472-7080-5
Printed in Germany

Ziel der TREDITION CLASSICS ist es, tausende deutsch- und fremdsprachige Klassiker wieder in Buchform verfügbar zu machen. Die Werke wurden eingescannt und digitalisiert. Dadurch können etwaige Fehler nicht komplett ausgeschlossen werden. Unsere Kooperationspartner und wir von tredition versuchen, die Werke bestmöglich zu bearbeiten. Sollten Sie trotzdem einen Fehler finden, bitten wir diesen zu entschuldigen. Die Rechtschreibung der Originalausgabe wurde unverändert übernommen. Daher können sich hinsichtlich der Schreibweise Widersprüche zu der heutigen Rechtschreibung ergeben.

Holla, holla! Der Bursche tanzt wie toll!
Es hat ihn die Tarantula gebissen.
All in the Wrong

Vor vielen Jahren stand ich in nahen Beziehungen zu einem Herrn William Legrand. Er entstammte einer alten Hugenottenfamilie und war einst wohlhabend gewesen; durch allerlei Unglücksfälle aber war sein Vermögen zusammengeschmolzen, so daß er nur noch das Nötigste hatte. Um Demütigungen auszuweichen, verließ er Neu-Orleans, die Heimat seiner Väter, und ließ sich auf Sullivans Insel nahe bei Charleston in Südkarolina nieder.

Diese Insel ist recht merkwürdig. Sie besteht fast ganz aus Seesand und ist etwa drei Meilen lang. Ihre Breite beträgt nirgends mehr als eine Viertelmeile. Vom Festland ist sie durch einen schmalen Meeresarm getrennt, der sich durch eine Wildnis von Schilf und Schlamm mühsam seinen Weg sucht und ein Lieblingsaufenthalt des Marschhuhns ist. Die Vegetation ist, wie sich denken läßt, spärlich und zwerghaft. Größere Bäume gibt es nicht; doch findet sich am Westende, da, wo Fort Moultrie steht, die stachlige Zwergpalme. Auch einige Holzhäuser stehen hier, Sommerwohnungen von Charlestoner Bürgern, die dem Staub und dem Fieber zu entfliehen trachten. Der ganze übrige Teil der Insel, mit Ausnahme des harten weißen Strandes, ist dicht bewuchert von der wohlriechenden Myrte, die bei englischen Gärtner sehr gesucht ist. Der einzelne Strauch erreicht hier oft eine Höhe von fünfzehn bis zwanzig Fuß und bildet ein undurchdringliches Buschwerk, das die Luft in weitem Umkreis mit Wohlgerüchen tränkt.

Mitten in diesem Myrtendickicht, nicht weit von der einsamen Ostküste der Insel, hatte Legrand sich eine kleine Hütte gezimmert, die er damals bewohnte, als ich ihn rein zufällig kennenlernte. Wir wurden bald zu Freunden, denn der Einsiedler gewann mir Achtung und Interesse ab. Ich fand in ihm einen gebildeten Mann von hervorragenden Geistesgaben, nur war er sehr menschenscheu und abwechselnd krankhaften Anfällen von Begeisterung und von Schwermut unterworfen. Er hatte viele Bücher bei sich, von denen er aber selten Gebrauch machte. Sein Hauptvergnügen war Fischen und Jagen; doch schlenderte er auch gern am Strand entlang, um

Muscheln zu suchen, oder durchforschte das Myrtendickicht nach seltenen Insekten. Von letzteren besaß er eine Sammlung, um die selbst ein Swammerdam ihn beneidet hätte. Bei seinen Wanderungen begleitete ihn in der Regel ein alter Neger namens Jupiter, der von der Familie seines Herrn, als diese noch wohlhabend gewesen, die Freiheit erhalten hatte, aber weder durch Drohungen noch Versprechungen zu bestimmen gewesen war, die Fürsorge für seinen jungen »Massa Will« aufzugeben. Es ist nicht unwahrscheinlich, daß die Verwandten Legrands dem Neger diese Halsstarrigkeit eingegeben hatten, weil es ihnen gut schien, den exzentrisch veranlagten jungen Mann behütet und überwacht zu sehen.

Sullivans Insel liegt auf einem Breitengrad, auf dem ein strenger Winter selten ist und man nur ausnahmsweise einmal eines wärmenden Feuers bedarf. Mitte Oktober 18.. aber hatten wir einen sehr frostigen Tag. Gegen Sonnenuntergang bahnte ich mir meinen Weg durchs immergrüne Buschwerk zur Hütte meines Freundes, den ich seit Wochen nicht besucht hatte. Ich wohnte damals in Charleston, das neun Meilen von der Insel entfernt liegt, und die Reiseverbindungen waren jenerzeit nicht so bequem wie heutzutage. Als ich die Hütte ereicht hatte, klopfte ich wie gewöhnlich an, und als ich keine Antwort bekam, nahm ich den Schlüssel aus dem mir bekannten Versteck, schloß auf und trat ein. Im Kamin brannte ein kräftiges Feuer - eine mir keineswegs unwillkommene Überraschung. Ich warf den Überzieher ab, rückte mir einen Lehnstuhl an die knisternden Scheite und erwartete geduldig die Heimkehr meiner Wirte.

Sie kamen bald nach Dunkelwerden und begrüßten mich herzlich. Jupiter grinste von einem Ohr bis zum andern, während er sich anschickte, uns ein paar Marschhühner zum Abendessen zu bereiten. Legrand hatte einen seiner Begeisterungsanfälle - ich kann es nicht anders nennen. Er hatte eine unbekannt zweischalige Molluske gefunden, die eine neue Gattung bildete, und mehr noch: Er hatte mit Jupiters Hilfe einen Käfer eingefangen, den er für etwas ganz Neues hielt, worüber er aber noch am andern Morgen meine Meinung hören wollte. »Und warum nicht schon heute?« fragte ich und wärmte meine Hände über der Flamme; in meinem Innern wünschte ich alle Käfer der Welt zum Teufel.

»Ja, wenn ich doch nur gewußt hätte, daß Sie kommen!« sagte Legrand. »Aber es ist so lange her, seit ich Sie sah, und wer hätte ahnen können, daß Sie gerade heute abend mich besuchen würden? Auf dem Heimweg begegnete mir Leutnant G. von der Festung, törichterweise lieh ich ihm den Käfer; so werden Sie denselben vor morgen früh nicht sehen können. Übernachten Sie hier! Bei Sonnenaufgang lasse ich den Käfer dann durch Jup holen. Sie können sich gar nichts Schöneres denken!«

»Als was - den Sonnenaufgang?«

»Unsinn! Nein - den Käfer. Er ist von leuchtender Goldfarbe - etwa so groß wie eine Walnuß - mit zwei jetschwarzen Punkten an einem Ende des Rückens und einem einzigen größeren am andern Ende. Die Fühlhörner sind ...«

»Kein bißchen Horn an ihm, Massa Will, sag's Ihnen noch mal«, fiel hier Jupiter ein; »Tier ist ein Goldkäfer, schwer Gold, jedes bißchen ganz Gold, außen und innen, Flügel und alles - nie im Leben ich habe so schweren Käfer in Hand gehalten.«

»Nun, nehmen wir an, du habest recht, Jup«, erwiderte Legrand ernsthafter, als es mir nötig schien, »ist das aber ein Grund, daß du die Hühner anbrennen läßt? Die Farbe« - hier wandte er sich zu mir - »vermag allerdings Jupiters Ansicht zu bestätigen. Noch nie haben Sie etwas Strahlenderes gesehen als die Flügel dieses Tieres - doch darüber können Sie erst morgen urteilen. Einstweilen will ich Ihnen einen Begriff von seiner Gestalt geben.« Mit diesen Worten setzte er sich an einen kleinen Tisch, auf dem sich Tinte und Feder befanden; Papier fehlte. Er suchte in einer Schublade danach, konnte aber keins finden.

»Tut nichts«, sagte er schließlich, »dies hier tut es auch.« Und er zog aus der Westentasche einen Fetzen, den ich für sehr schmutziges Propatriapapier hielt, und entwarf darauf eine flüchtige Federzeichnung.

Währenddessen nahm ich meinen Platz beim Feuer wieder ein, denn mir war noch immer kalt. Als er die Zeichnung fertig hatte, reichte er sie mir, ohne aufzustehen. Kaum hatte ich sie in der Hand, als draußen ein lautes Knurren ertönte, dem ein Kratzen an der Tür folgte; Jupiter öffnete, und ein großer Neufundländer, der

Legrand gehörte, stürmte herein, legte die Pfoten auf meine Schultern und überhäufte mich mit Liebkosungen, denn ich hatte ihn bei meinen Besuchen stets gut behandelt. Als er sich beruhigte, blickte ich auf das Papier und war, die Wahrheit zu sagen, nicht wenig verwirrt über das, was mein Freund da hingemalt hatte.

Nachdem ich es minutenlang betrachtet hatte, sagte ich: »Der Käfer ist in der Tat seltsam, das muß ich zugeben; er ist mir gänzlich neu – habe nie dergleichen gesehen – es sei denn ein Schädel, ein Totenkopf, denn damit allein hat er Ähnlichkeit.«

»Ein Totenkopf!« wiederholte Legrand. »Nun ja, mag sein, daß er auf dem Papier etwas davon hat. Die zwei oberen schwarzen Punkte sehen wie Augen aus, wie? Und der längere unten wie ein Mund – und die Form des Ganzen ist oval.«

»Vielleicht liegt es daran«, sagte ich. »Doch, Legrand, ich fürchte, Sie sind kein Zeichenkünstler. Ich muß warten, bis ich den Käfer selber gesehen habe, ehe ich mir eine Vorstellung von ihm machen kann.«

»Sonderbar«, sagte er, ein wenig verletzt, »ich zeichne ganz gut – habe jedenfalls vortreffliche Lehrer gehabt und darf mir wohl auch schmeicheln, nicht gerade ein Dummkopf zu sein.«

»Ja, mein lieber Freund, dann haben Sie wohl einen Scherz beabsichtigt?« sagte ich. »Dies hier ist ein ganz gut gezeichneter Schädel, ja, ich kann wohl sagen, ein meisterhaft gezeichneter Schädel – und Ihr Skarabäus muß der merkwürdigste Käfer von der Welt sein, wenn er ihm gleicht; er könnte geradezu unheimliche Vorahnungen erwecken. Ich nehme an, Sie werden den Käfer *Scarabaeus caput hominis* oder so ähnlich benennen; es gibt eine ganze Reihe derartiger Namen in der Naturgeschichte. Doch wo sind die Fühlhörner, von denen Sie sprachen?«

»Die Fühlhörner!« sagte Legrand in übertrieben gereiztem Ton; »Sie müssen sie doch sehen, die Fühlhörner. Ich habe sie in natürlicher Größe wiedergegeben, und ich meine, das genügt für ihre Erkennbarkeit.« »Nun, nun«, erwiderte ich, »mag sein; ich sehe sie aber nicht.« Und ich gab ihm ohne weitere Worte das Papier zurück, um ihn nicht noch mehr zu reizen. Ich war aber über die Wendung der Dinge sehr überrascht. Seine schlechte Laune beunruhigte mich; was konnte ich dafür, daß die Fühlhörner nicht zu sehen waren und daß das Ganze eine verblüffende Ähnlichkeit mit der üblichen Zeichnung eines Totenschädels hatte?

Verdrießlich nahm er das Papier entgegen und hatte offenbar die Absicht, es zu zerknittern und ins Feuer zu werfen, als ein zufälliger Blick auf die Zeichnung ihn plötzlich davon abhielt. Sein Gesicht wurde glühend rot und gleich darauf unheimlich bleich. Minutenlang starrte er unbeweglich auf das Blatt in seinen Händen. Endlich stand er auf, nahm eine brennende Kerze vom Tisch und setzte sich in der hintersten Ecke des Zimmers auf einen Schiffskoffer. Dort prüfte er das Blatt von neuem mit ängstlicher Aufmerksamkeit, indem er es nach allen Seiten drehte und wendete. Er sagte aber nichts, und sein Benehmen verwunderte mich sehr; ich hielt es jedoch für ratsam, seine üble Laune nicht durch irgendeine Bemerkung zu verschlimmern. Er nahm jetzt ein Notizbuch aus seiner Rocktasche, legte das Papier sorgsam hinein und verschloß beides in einem Schreibpult. Sein Benehmen wurde nun ruhiger, aber seine vorherige Begeisterung war ganz verschwunden; doch schien er weniger mürrisch als nachdenklich. Je mehr es Nacht wurde, desto mehr versank er in Träumerei, aus der kein Scherzwort ihn erwecken konnte. Es war meine Absicht gewesen, die Nacht hier in der Hütte zu verbringen, wie ich es früher gelegentlich getan hatte; bei der trüben Stimmung meines Gastgebers schien es mir aber ratsamer, mich zu empfehlen. Er drängte mich nicht zum Bleiben; doch als ich ging, schüttelte er mir die Hand noch herzlicher als sonst. –

Es war etwa einen Monat später, und in der Zwischenzeit hatte ich von Legrand nichts gesehen, als ich in Charleston den Besuch seines Dieners Jupiter erhielt. Der gute alte Neger war in auffallend gedrückter Stimmung, und ich fürchtete, daß meinem Freund irgendein Unglück zugestoßen sei.

»Nun, Jup«, sagte ich, »was gibt's? Wie geht es deinem Herrn?«

»Ja, ehrlich, Massa, ihm nicht so wohlgehn, als sollte sein.«

»Nicht wohl? Das betrübt mich sehr. Worüber klagt er?«

»Da! Das ist's! Ihm klagt nie über nichts – aber ihm sehr krank sein über alles das.«

»*Sehr* krank? – Warum hast du das nicht gleich gesagt! Muß er zu Bett liegen?«

»Nein, nicht das. Nicht finden ich, was sein. Das sein gerade das Schlimme. Mein Herz sein sehr schwer geworden über armen Massa Will.«

»Ich wollte, ich könnte dich verstehen, Jupiter. Du sagst, dein Herr ist krank. Hat er dir nicht gesagt, was ihm fehlt?«

»Ach, Massa, nicht wert die Sache, daß ihm darüber Kopf verlieren Massa Will sagen, ihm gar nichts fehlen – aber warum dann so herumgehen mit Kopf nach unten und dann halt stehen – und so weiß wie Gans? Und dann Wort halten ganze Zeit ...«

»Was halten, Jupiter?«

»Wort halten mit Figuren auf Tafel – ganz sehr komische Figuren – nie gesehen haben ich. Ich dir sagen, Massa, ihm sein viel gefährlich. Ich müssen immer viel acht haben über ihm. Einmal Massa mir fort – früh mit Sonne – und fort sein ganzes Tag. Ich mir geschnitten haben großes Stock und wollen schlagen, wann ihm zurückkommen. Aber ich solches Narr – nachher nicht haben gekonnt – ihm so elend aussehen.«

»Wie? – Was? – Nun ja, ich meine, du solltest nicht gar zu streng gegen den armen Jungen sein – nicht schlagen, Jupiter – er kann es nicht gut vertragen. Aber hast du gar keine Ahnung, was die Ursache ist für diese Krankheit – oder vielmehr für dieses veränderte Benehmen? Ist irgend etwas Unangenehmes geschehen, seit ich euch zuletzt sah?«

»Nein, Massa, da sein gewesen nichts Schlimmer *seitdem* – es waren *vorher*, ich fürchten – an das Tag, wo du bei uns waren.«

»Wie? Was willst du damit sagen?«

»Nun, Massa, ich meinen das Käfer. Da, nun wissen du!«

»Das – was?«

»Das Käfer – ich wissen ganz gewiß, Massa gebissen sein, wo am Kopf von das Goldkäfer.«

»Und was für einen Grund hast du für deine Annahme, Jupiter?«

»Klauen genug, Massa, und Maul auch. Ich nie haben gesehen so ein verdammtes Käfer - es stoßen und beißen alles, was ihm nahe kommen. Massa Will es packen - aber schnell wieder loslassen - das waren die Zeit, wo es ihm gebissen. Ich selbst nicht haben wollen gucken auf Maul von das Käfer oder sonst - und nicht haben wollen fassen mit meines Finger - aber es packen mit Papier, das da sein gelegen. Ich das Käfer wickeln in Papier und stopfen ihm dann Stückchen in Maul. So wir haben gemacht.«

»Und du meinst also, daß dein Herr wirklich von dem Käfer gebissen worden sei und daß der Biß ihn krank gemacht habe?«

»Ich nicht meinen - ich wissen. Warum über Gold so viel träumen, wann ihm nicht gebissen von das Goldkäfer? Ich schon viel gehört über das von Goldkäfer.«

»Doch woher weißt du, daß er von Gold träumt?«

»Woher ich wissen? Ja, weil ihm sprechen davon im Schlaf - daher ich wissen.«

»Nun, Jup, vielleicht hast du recht; doch welch glücklichem Umstand muß ich die Ehre deines heutigen Besuches zuschreiben?«

»Was sagen Massa?«

»Bringst du mir irgendwelche Botschaft von Herrn Legrand?«

»Nein, Massa, ich bringen das hier.« Und hier überreichte Jupiter mir ein Briefchen, das so lautete:

> »Mein lieber ...!
>
> Warum habe ich Sie so lange nicht gesehen? Ich hoffe doch, daß Sie nicht etwa über irgendeine kleine Schroffheit von mir beleidigt sind. Doch nein, das ist unwahrscheinlich.
>
> Seit ich Sie zuletzt sah, habe ich viel Grund zu Besorgnis. Ich habe Ihnen etwas zu sagen, weiß jedoch kaum, wie ich es sagen soll, noch ob ich es überhaupt sagen soll.
>
> Ich bin seit einigen Tagen nicht ganz wohl, und der gute alte Jup quält mich fast unerträglich mit seiner wohlgemeinten Überwachung. Ist es zu glauben: Er hatte neulich einen großen Stock geschnitten, um mich durchzuprügeln, weil ich

ihm ausgerissen war und den Tag solo in den Bergen auf dem Festland verbrachte. Ich glaubte tatsächlich, daß nur mein schlechtes Aussehen mir die Prügel ersparte.

Ich habe seit unserem letzten Beisammensein nichts Neues für meine Sammlung gefunden.

Wenn Sie können, kommen Sie mit Jupiter herüber – machen Sie es irgendwie möglich. Sie müssen kommen! Ich möchte Sie noch heute abend in wichtiger Angelegenheit sprechen. Ich versichere Ihnen, daß sie von größter Wichtigkeit ist.

Stets der Ihre
William Legrand«

Im Ton dieses Briefes lag etwas, das mir große Unruhe machte. Sein ganzer Stil wich stark von Legrands sonstiger Schreibweise ab. Was war es nur, wovon er träumte? Von welch neuer Grille war wohl sein leicht erregbares Hirn erfaßt? Welche Angelegenheit »von größter Wichtigkeit« konnte er zu erledigen haben? Jupiters Bericht über ihn prophezeite mir nichts Gutes. Ich befürchtete, die andauernd unglücklichen Verhältnisse meines Freundes hätten diesen schließlich um den Verstand gebracht. Ich bereitete mich also ohne Zögern vor, den Neger zu begleiten.

Als wir den Strand erreichten, sah ich unten im Boot, das uns zur Insel hinüberführen sollte, eine Sichel und zwei Spaten liegen, alle drei Gegenstände anscheinend ganz neu.

»Was sollen die Sachen, Jup?« fragte ich.

»Es sein Sichel und Spaten, Massa.«

»Sehr richtig; aber was sollen sie da?«

»Sein das Sichel und Spaten, was ich kaufen müssen für Massa – ich haben verteufelt viel Geld dafür geben.«

»Aber im Namen von allem, was geheimnisvoll ist, was will denn dein Massa Will mit Sichel und Spaten?«

»Das sein mehr, als *ich* wissen – und der Teufel holen mich, wenn es nicht auch mehr sein, als Massa selbst wissen. Aber es sein alles von das Käfer kommen.«

Da ich sah, daß von Jupiter, dessen ganzer Verstand von »das Käfer« eingenommen zu sein schien, keine befriedigende Antwort zu erlangen war, stieg ich in das Boot und hißte das Segel. Ein guter starker Wind brachte uns bald in die kleine Bucht nördlich von Fort Moultrie, und nach einem Marsch von etwa zwei Meilen kamen wir bei der Hütte an. Es war gegen drei Uhr nachmittags. Legrand hatte uns mit Spannung erwartet. Er griff meine Hand mit so heftigem Druck, daß es mich beunruhigte und in meinem vorgefaßten Verdacht bestärkte. Sein Gesicht war geisterhaft bleich, und seine tiefliegenden Augen leuchteten in unnatürlichem Glanz. Nach einigen Erkundigungen über sein Befinden fragte ich, da ich nichts Besseres zu sagen wußte, ob er den Skarabäus inzwischen von Leutnant G. zurückerhalten habe.

»O ja!« erwiderte er heftig errötend, »ich bekam ihn am nächsten Morgen. Nichts könnte mich je veranlassen, mich von diesem Käfer zu trennen. Wissen Sie, daß Jupiter mit dem Käfer ganz recht hatte?«

»Inwiefern?« fragte ich mit einer traurigen Ahnung im Herzen.

»In seiner Meinung, daß der Käfer wirklich ganz von Gold sei.« Er sagte dies mit tiefernster Miene, und ich fühlte mich unsagbar erschüttert.

»Dieser Käfer soll mein Glück machen!« fuhr er mit triumphierendem Lächeln fort. »Er soll mich in mein Erbgut wieder einsetzen. Ist es da ein Wunder, wenn ich ihn preise? Da Fortuna für gut befunden hat, ihn mir zu schenken, brauche ich ihn nur richtig anzuwenden, um zu dem Gold zu kommen, zu dem er der Wegweiser ist. Jupiter, bring mir den Skarabäus!«

»Was? Das Käfer, Massa? – Ich mögen lieber nicht ihn anrühren. Massa müssen selbst holen.«

Hierauf erhob sich Legrand mit ernster, würdiger Miene und brachte mir das Tier aus seinem Glasbehälter. Es war ein prächtiger Skarabäus und damals den Naturforschern noch unbekannt – also natürlich in wissenschaftlicher Hinsicht von großem Wert. Er hatte zwei runde schwarze Flecken am oberen und einen länglichen am unteren Ende des Rückens. Die Flügel waren außerordentlich hart und glänzend und erschienen durchaus wie poliertes Gold. Das Gewicht des Insekts war sehr bedeutend, und wenn ich alles in Betracht zog, so konnte ich Jupiters Ansicht kaum verurteilen; was ich aber von Legrands Zustimmung dazu denken sollte, konnte ich beileibe nicht sagen.

»Ich schickte nach Ihnen«, sagte er in bedeutungsvollem Ton, nachdem ich den Käfer untersucht hatte, »ich schickte nach Ihnen, damit ich Ihren Rat und Beistand erhielte bei Verfolgung des vom Schicksal und vom Käfer angedeuteten Glücksweges.«

»Mein lieber Legrand«, rief ich, ihn unterbrechend, »Sie sind sicherlich leidend und sollten lieber irgendein Mittel dagegen anwenden. Gehen Sie doch ins Bett, und ich will ein paar Tage bei Ihnen bleiben, bis Sie es überwunden haben. Sie fiebern, und...«

»Fühlen Sie meinen Puls!« sagte er.

Ich fühlte ihn und fand, um die Wahrheit zu sagen, auch nicht das leiseste Anzeichen von Fieber.

»Aber Sie könnten krank sein, auch ohne Fieber zu haben. Erlauben Sie mir dies eine Mal, Ihnen Vorschriften zu machen. Vor allem gehen Sie zu Bett; ferner ...«

»Sie irren sich«, fiel er ein; »ich fühle mich so wohl, als ich es bei der Aufregung, unter der ich leide, nur irgend sein kann. Wenn Sie mich wirklich gesund wünschen, so werden Sie diese Aufregung von mir nehmen.«

»Und wie kann dies geschehen?«

»Sehr einfach. Jupiter und ich unternehmen eine Wanderung in die Hügel auf dem Festland und brauchen bei dieser Fahrt die Hilfe irgendeines Menschen, in den wir Vertrauen setzen dürfen. Da sind Sie der einzige. Ob wir nun Erfolg haben oder nicht - die Aufregung, in der Sie mich sehen, wird geschwunden sein.«

»Es liegt mir daran, Ihnen gefällig zu sein«, erwiderte ich; »doch wollen Sie damit sagen, daß dieser höllische Käfer zu Ihrem Ausflug in die Berge in irgendwelcher Beziehung steht?«

»Allerdings.«

»Dann, Legrand, muß ich Ihnen sagen, daß ich bei einem so unsinnigen Vorhaben keine Rolle übernehmen kann.«

»Tut mir leid - sehr leid -, denn dann müssen wir es allein versuchen.«

Allein versuchen! Der Mann ist verrückt, dachte ich. - »Doch halt! Wie lange gedenken Sie fortzubleiben?«

»Voraussichtlich die ganze Nacht. Wir werden sogleich aufbrechen und jedenfalls bei Sonnenaufgang zurück sein.«

»Und wollen Sie mir auf Ehre versprechen, daß Sie heimkehren und meinem Rat wie dem Ihres Arztes folgen wollen, sobald diese Grille vorüber und die Käfergeschichte - großer Gott! - zu Ihrer Befriedigung erledigt ist?«

»Ja, ich verspreche es! - Und nun lassen Sie uns gehen, denn wir haben keine Zeit zu verlieren.«

Mit schwerem Herzen begleitete ich meinen Freund. Wir brachen gegen vier Uhr auf - Legrand, Jupiter, der Hund und ich. Der Neger schleppte Sichel und Spaten; er hatte darauf bestanden, alles zu tragen, mehr aus Besorgnis, jegliches Werkzeug aus dem Bereiche seines Herrn fernzuhalten, als aus übertriebenem Pflichteifer oder Liebenswürdigkeit. Er war äußerst mürrisch, und »das verfluchte Käfer!« waren die einzigen Worte, die ihm auf der Wanderung entschlüpften. Ich selbst war mit ein paar Blendlaternen bepackt, während Legrand sich mit dem Skarabäus begnügte, der an einem Bindfaden baumelte, den er mit der Miene eines Zauberers im Gehen hin und her schwenkte. Als ich diesen letzten klaren Beweis von der Geistesverwirrung meines Freundes gewahrte, konnte ich kaum die Tränen zurückhalten. Ich hielt es jedoch für das beste - wenigstens vorläufig, bis ich energischere Maßregeln mit Aussicht auf Erfolg anwenden konnte -, seinen Wahn zu dulden. Inzwischen versuchte ich, freilich ganz vergeblich, ihn über den Zweck der Expedition auszuhorchen. Nachdem er mich dahin gebracht hatte, ihn zu begleiten, schien er nicht gewillt, sich über unwichtige Dinge zu unterhalten, und ließ sich auf alle meine Fragen zu keiner anderen Antwort herbei als: »Abwarten!«

Wir kreuzten die Bucht mit Hilfe eines Bootes, erklommen die Höhe am Ufer des Festlandes und schritten in nordwestlicher Richtung fort, durch eine wüste und einsame Gegend, wo keine Menschenseele zu erspähen war. Legrand ging mit großer Sicherheit voran und blieb nur hie und da einen Augenblick stehen, um gewisse Wegzeichen, die er bei früherer Gelegenheit selbst gemacht zu haben schien, zu befragen.

In dieser Weise zogen wir etwa zwei Stunden dahin, und die Sonne ging gerade unter, als wir in eine Gegend gelangten, die noch unendlich viel trauriger war als die bisher durchwanderte. Es war eine Art Hochebene nahe dem Gipfel eines fast unersteigbaren Berges, der von unten bis oben dicht bewaldet war und hie und da riesige Felsblöcke trug, die lose auf dem Boden zu liegen und am Hinabrollen ins Tal lediglich durch die Bäume verhindert zu sein schienen, an deren Stämmen sie lehnten. Tiefe, nach allen Richtungen sich hinziehende Schluchten gaben der Landschaft einen noch düsteren, ernsten Charakter.

Die natürliche Plattform, zu der wir emporgeklommen, war dicht mit Brombeergestrüpp überwuchert, durch das wir uns ohne die Hilfe der Sichel nicht hätten hindurchdrängen können. Auf Anordnung seines Herrn machte Jupiter sich daran, uns einen Weg zu einem ungeheuren Tulpenbaum zu bahnen, der in Gesellschaft von acht bis zehn Eichen auf der Höhe der Ebene stand. Der Tulpenbaum überragte sie alle, überbot auch an Mächtigkeit und Laubfülle, an Auspannung der Äste und Majestät der Erscheinung alle anderen Bäume, die ich je gesehen. Als wir diesen Baum erreichten, wandte sich Legrand an Jupiter mit der Frage, ob er wohl den Baum erklimmen könne. Der Alte schien durch diese Frage nicht wenig verblüfft und gab zunächst keine Antwort. Schließlich trat er an den riesigen Stamm heran, ging langsam um ihn herum und betrachtete ihn mit prüfenden Blicken. Als er damit fertig war, sagte er nur: »Ja, Massa. Jup erklettern jedes Baum, was gesehen im Leben.«

»Dann also hinauf mit dir – so schnell als möglich; es wird bald nicht mehr hell genug sein, um das zu sehen, um was es sich hier handelt.«

»Wie weit ich müssen hinaufgehen?« fragte Jupiter.

»Klettere nur zuerst den Stamm hinauf, und dann werde ich dir sagen, welchen Weg du nehmen mußt – und hier – halt! – nimm den Käfer mit dir.«

»Das Käfer, Massa Will? – Das Goldkäfer?« schrie der Neger, entsetzt zurückweichend. »Warum das tote Käfer müssen hinauf auf das Baum? – Verdammt, wenn ich das tun!«

»Wenn du dich fürchtest, Jup – so ein großer starker Neger, wie du bist –, einen harmlosen kleinen Käfer in der Hand zu halten, so kannst du ihn hier am Strick tragen. Aber wenn du ihn nicht auf irgendeine Weise hinaufbringst, zwingst du mich, dir mit der Schaufel hier den Schädel einzuschlagen.«

»Was Massa denn haben?« sagte Jup, der sich augenscheinlich schämte und nachgiebiger wurde. »Immer wollen Streit machen mit altes Nigger. Alles gewesen nur Spaß. Ich das Käfer fürchten? Was mich kümmern das Käfer!«

Mit diesen Worten ergriff er behutsam das äußerste Ende der Schnur und begann den Baum zu erklettern, wobei er das Tier so weit von seinem Körper abhielt, wie dies nur möglich war.

Der Tulpenbaum, *Liriodendron tulipiferum*, der prächtigste Waldbaum Amerikas, hat, solange er jung ist, einen eigentümlich glatten Stamm, der sich oft zu bedeutender Höhe erhebt, bevor er Seitenäste ansetzt; in reiferen Jahren aber wird die Rinde rissig und uneben, während viele kurze Äste sich vom Stamm abzweigen. So war in diesem Falle der Aufstieg nicht so schwierig, wie es den Anschein hatte. Indem Jupiter sich mit Armen und Knien so fest wie möglich an die kolossale Säule anpreßte und mit den Händen und nackten Zehen kleine Vorsprünge geschickt benutzte, wand er sich, nachdem er ein- oder zweimal beinahe abgestürzt wäre, schließlich bis in die erste große Gabelung hinauf und meinte nun, er habe seine Aufgabe großartig erfüllt. Die Gefahr der Sache war jetzt tatsächlich beinahe vorüber, obgleich der Kletterer sich sechzig bis siebzig Fuß über dem Erdboden befand.

»Welchen Weg müssen ich weitergehen, Massa Will?« fragte er.

»Bleibe auf dem stärksten Ast – dem auf dieser Seite hier«, sagte Legrand.

Der Neger gehorchte ihm sofort und anscheinend mühelos, bis keine Spur seiner stämmigen Gestalt mehr durch das dichte Laubwerk hindurch zu sehen war. Plötzlich erschallte von droben ein Halloruf.

»Wieviel weiter ich noch müssen gehn?«

»Wie weit bist du oben?« fragte Legrand.

»Sehr viel weit«, antwortete der Neger. »Ich sehen den Himmel von über das Baum.«

»Kümmere dich nicht um den Himmel, sondern beachte, was ich sage. Blicke am Stamm entlang hinab und zähle die Hauptäste auf dieser Seite; wie viele hast du unter dir?«

»Eins – zwei – drei – vier – fünf – ich haben fünf große Aste unter mir auf dieses Seite.«

»Dann geh noch einen Ast höher.«

Nach einigen Minuten erscholl die Stimme wiederum und zeigte an, daß der siebente Ast erreicht sei.

»Jetzt, Jup«, rief Legrand, ersichtlich sehr aufgeregt, »wünsche ich, daß du auf deinem Ast so weit als irgend möglich hinauskriechst. Wenn du irgend etwas Sonderbares siehst, so laß es mich wissen.«

Hiermit war auch der letzte Zweifel, den ich vielleicht noch an meines Freundes Verrücktheit gehabt haben mochte, endgültig abgetan. Während ich darüber nachsann, was da am besten zu tun sei, ertönte Jupiters Stimme von neuem.

»Ich haben Angst, auf dieses Ast sehr viel weit vorzugehen - sein fast ganz ein totes Ast.«

»Sagtest du, es sei ein toter Ast, Jupiter?« rief Legrand mit bebender Stimme.

»Ja, Massa - sein tot wie ein Türnagel - ganz tot für ganzes Leben.«

»Was, in des Himmels Namen, soll ich tun?« fragte Legrand in höchster Verzweiflung.

»Tun?« sagte ich, erfreut über diese Gelegenheit zum Eingreifen.

»Ja, heimgehen und sich ins Bett legen. Kommen Sie jetzt! Seien Sie gut! Es wird spät, und überdies denken Sie an Ihr Versprechen!«

»Jupiter«, rief er, ohne mich im geringsten zu beachten, »hörst du mich?«

»Ja, ich hören Massa Will ganz deutlich.«

»Dann prüfe also das Holz sorgfältig mit deinem Messer und sieh, ob du es für sehr morsch hältst.«

»Holz morsch, ganz bestimmt«, erwiderte der Neger nach kurzer Pause, »aber nicht so sehr morsch, als eigentlich sein mußten. Ich können ein wenig allein auf das Ast hinausrutschen. Das sein möglich.«

»Allein? - Was meinst du damit?«

»Ho, ich meinen das Käfer. Sein sehr schweres Käfer. Wann ich lassen ihm grade hinunterfallen, dann werden das Ast mit Gewicht von bloß so ein Nigger nicht brechen.«

»Du verfluchter Schurke!« schrie Legrand erleichtert. »Was soll das heißen, daß du solche Dummheiten redest! Wenn du den Käfer fallen läßt, breche ich dir das Genick. Paß auf, Jupiter; hörst du mich?«

»Ja, Massa. Nicht nötig haben, so viel auf armes Nigger zu schimpfen.«

»Gut, also höre! – Wenn du dich auf dem Ast so weit, als du es für möglich hältst, hinauswagen willst, ohne den Käfer fallen zu lassen, so will ich dir, sowie du wieder herunterkommst, einen Silberdollar zum Geschenk machen.«

»Ich wollen es tun, Massa – ja, ganz gewiß!« antwortete der Neger schnell. – »Ich sein fast am Ende jetzt.«

» *Am Ende*?!« schrie Legrand heraus. »Willst du sagen, du seiest am Ende des Astes?«

»Bald ganz am Ende, Massa – o, o, o – oha! – Gott sein mir gnädig! – Was sein das hier auf das Baum?«

»Nun«, rief Legrand hocherfreut, »was ist es?«

»Ho – nichts als ein Schädel – einer haben sein Kopf gelassen auf Baum, und die Krähen haben abmachen jedes bißchen Fleisch.«

»Ein Schädel, sagst du! – Gut, prächtig! Wie ist er am Ast befestigt? Womit wird er oben gehalten?«

»Ich müssen nachsehen, Massa. – Ho, sein ganz seltsames Anfestigung – auf mein Wort! Da sein großes dickes Nagel durch Schädel, das ihm festmachen auf das Baum!«

»Also, Jupiter, paß auf. Tu genau, was ich dir sage. – Hörst du?«

»Ja, Massa.«

»Aufgepaßt! Suche das linke Auge von dem Schädel.«

»Ho – sein gut das – kein Auge nicht da sein überhaupt nicht.«

»Deine verwünschte Dummheit! – Kannst du deine rechte Hand von der linken unterscheiden?«

»Ja, ich wissen das – wissen gut alles darüber – sein mein linkes Hand, mit das ich hacken Holz.«

»Stimmt! Du bist linkshändig. Und dein linkes Auge ist auf derselben Seite wie deine linke Hand. Ich hoffe, du kannst nun das linke Auge des Schädels finden – oder vielmehr die Stelle, wo es gewesen ist. Hast du's gefunden?«

Lange Pause.

Endlich fragte der Neger: »Sein linkes Auge von das Schädel auf selbes Seiten wie linkes Hand von das Schädel? Weil Schädel nichts ein bißchen haben von Hand. Aber tun nichts – ich haben jetzt finden linkes Auge! Was sollen ich tun damit?«

»Laß den Käfer hindurchfallen, so weit als der Strick reicht. Aber sei vorsichtig und laß den Strick nicht aus der Hand.«

»Alles das fertig, Massa Will. Sehr viel leichtes Ding, das Käfer stecken durch das Loch. Massa müssen ihm sehn von unten.«

Während dieser Unterhaltung konnte man von Jupiters Gestalt nicht das geringste sehen; aber der Käfer, den er herunterhängen ließ, wurde jetzt mit dem Ende der Schnur sichtbar und glitzerte in den letzten Strahlen der untergehenden Sonne, die unseren hohen Standort noch trafen, wie eine glatte Goldkugel. Der Skarabäus hing frei zwischen dem Astwerk und würde, wenn man ihn fallen gelassen hätte, vor unseren Füßen niedergefallen sein.

Legrand nahm sogleich die Sichel zur Hand und mähte genau unter dem Insekt einen Kreis von drei bis vier Ellen Durchmesser sauber ab. Dann befahl er Jupiter, den Strick fallen zu lassen und herunterzukommen. Genau an der Stelle, wo der Käfer hingefallen war, trieb er einen Pflock in die Erde und zog ein Bandmaß aus der Tasche. Er befestigte das eine Ende desselben an der Stelle des Baumstammes, die dem Pflock zunächst lag, rollte das Band auf, bis es an den Pflock reichte, und zog es in der durch die beiden Punkte an Baum und Pflock gegebenen Richtung noch fünfzig Fuß weiter, wobei Jupiter das Brombeergestrüpp mit der Sichel beiseite räumte. An dem so erhaltenen Punkt wurde ein zweiter Pflock eingetrieben und von diesem Mittelpunkt aus ein Kreis von etwa vier Fuß Durchmesser beschrieben. Indem Legrand nun einen Spaten ergriff und mir wie Jupiter einen reichte, ersuchte er uns, so schnell als möglich zu graben.

Ich muß gestehen, daß ich an solcher Betätigung niemals Gefallen gefunden hatte und sie auch jetzt von Herzen gern zurückgewiesen hätte; denn die Nacht kam heran, und ich fühlte mich durch die bisherigen Strapazen schon sehr ermüdet. Aber ich sah keine Möglichkeit zum Ausweichen und fürchtete, durch meine Weigerung meines armen Freundes Seelenruhe zu stören. Wahrhaftig, hätte ich auf Jupiters Hilfe rechnen können, so würde ich mit dem Versuch nicht gezögert haben, den Irrsinnigen gewaltsam heimzuschleppen! Doch kannte ich den alten Neger zu gut, als daß ich hätte hoffen können, er werde mich unter irgendwelchen Umständen bei einem Angriff auf seinen Herrn unterstützen. Ich zweifelte nicht, daß dieser von dem im Süden häufig grassierenden Aberglauben an vergrabene Schätze angesteckt und in seinem Wahn durch den Fund des Skarabäus, vielleicht auch durch Jupiters hartnäckige Behauptung, der Käfer sei von echtem Gold, bestärkt worden sei. Ein zum Irrsinn veranlagter Geist mußte durch solche Gedanken leicht verwirrt werden können – besonders wenn sie mit lang gehegten Lieblingsideen in Einklang standen –, und dann rief ich mir auch des armen Jungen Worte ins Gedächtnis zurück: der Käfer sei ihm der Wegweiser zu einem neuen Vermögen. Das Ganze ärgerte und beunruhigte mich sehr; zuletzt beschloß ich aber, aus der Not eine Tugend zu machen – gutwillig zu graben und dadurch möglichst schnell den Träumer durch Augenschein von der Haltlosigkeit seiner Anschauungen zu überzeugen.

Die Laternen wurden angezündet, und wir alle begannen mit einem Eifer zu graben, der einer vernünftigeren Sache würdig gewesen wäre. Wie der Lichtschein so auf uns und unsere Werkzeuge fiel, konnte ich mich des Gedankens nicht erwehren, welch romantisches Bild wir boten und wie unheimlich und verdächtig unsere Arbeit einem zufälligen Beobachter erscheinen müßte.

Ununterbrochen arbeiteten wir zwei Stunden lang. Es wurde wenig gesprochen, und nur das Gebell des Hundes, der unser Tun mit lebhafter Anteilnahme verfolgte, störte uns etwas. Das Vieh wurde schließlich so laut, daß wir fürchteten, es könne Vagabunden, die sich etwa in der Nähe befänden, auf uns aufmerksam machen. Richtiger gesagt, war das nur Legrands Besorgnis – ich selbst würde mich über jede Unterbrechung gefreut haben, die es mir ermöglicht hätte, den Abenteurer heimzubringen. Der Hund wurde endlich durch Jupiter, der mit zorniger Entschlossenheit aus der Grube herausstieg, auf sinnreiche Weise zum Schweigen gebracht: Der Neger band ihm mit seinen Hosenträgern das Maul zu. Darauf nahm er kichernd seine Arbeit wieder auf.

Nach Verlauf der zwei Stunden hatten wir eine Tiefe von fünf Fuß erreicht, und noch immer konnte man nichts von einem Schatz entdecken. Eine allgemeine Ruhepause trat ein, und ich begann zu hoffen, die Posse sei zu Ende. Trotz seiner sichtlichen Enttäuschung aber machte sich Legrand, nachdem er sich den Schweiß von der Stirn gewischt hatte, von neuem ans Werk. Wir hatten schon den ganzen Kreis von vier Fuß Durchmesser ausgegraben, und jetzt erweiterten wir den Umkreis ein wenig und gruben noch zwei Fuß tiefer. Noch immer war nichts zu finden.

Der Goldsucher, mit dem ich tiefes Mitleid hatte, kletterte nun mit dem Ausdruck bitterster Enttäuschung aus der Grube heraus und begann langsam und widerwillig seinen Rock wieder anzuziehen, den er zu Beginn der Arbeit abgeworfen hatte. Noch immer sagte ich kein Wort. Auf ein Zeichen seines Herrn raffte Jupiter das Handwerkszeug zusammen. Nachdem dies geschehen und dem Hund die Maulbinde wieder abgenommen worden war, wandten wir uns in tiefstem Schweigen zum Gehen. Wir hatten kaum zwölf Schritte gemacht, als Legrand sich mit einem lauten Fluch auf Jupiter stürzte und ihn beim Kragen packte. Der erstaunte Neger riß Mund und Augen auf, ließ die Spaten fallen und sank in die Knie. »Du Schurke!« zischte Legrand durch die Zähne. »Du höllischer schwarzer Schuft! - Sprich, sag' ich dir! - Antworte mir auf der Stelle und ohne Ausweichen - wo - welches ist dein linkes Auge?« »Oh - mein Hals, Massa Will! - Sein das hier nicht mein linkes Auge ganz gewiß?« heulte der entsetzte Jupiter, indem er die Hand auf sein *rechtes* Sehorgan legte und sie dort mit verzweifelter Hartnäckigkeit fest anpreßte wie in wahnsinniger Angst, sein Herr könne es ihm ausreißen wollen.

»Ich dachte es mir! - Ich wußte es! - Hurra!« jubelte Legrand, den Neger loslassend, und führte einen wahren Freudentanz auf - sehr zum Erstaunen seines Dieners, der sich von den Knien erhoben hatte und abwechselnd von seinem Herrn zu mir und von mir zu seinem Herrn blickte.

»Kommt, wir müssen zurück!« sagte letzterer; »das Spiel ist noch nicht verloren.« Und er schritt wieder zum Tulpenbaum voran.

»Jupiter«, sagte er, als wir am Fuß des Stammes angekommen waren, »komm her! War der Schädel mit dem Gesicht nach außen oder nach dem Stamm zu auf den Ast genagelt?«

»Das Gesicht waren außen, Massa - daß Krähen gut können kommen an Augen ohne alles Mühe.«

»Schön also. War es dies Auge oder das, durch das du den Käfer niederließest?« - und Legrand tippte Jupiter auf jedes Auge.

»Waren dies Auge, Massa - linkes Auge -, ganz wie Massa haben sagen«, und der Neger zeigte auf sein rechtes Auge.

»Das genügt. Wir müssen es noch einmal versuchen.«

Hier nahm mein Freund, in dessen Wahnsinn ich nun gewisse Anzeichen von Methode zu sehen glaubte, den Pflock, der die Stelle markierte, wo der Käfer niedergefallen war, und steckte ihn etwa drei Zoll weiter nach Westen in den Boden. Nun zog er das Bandmaß von der Stelle des Stammes, die dem Pflock zunächst lag, über diesen hinaus und wie vorher in gerader Linie fünfzig Fuß weiter. So wurde ein Punkt gefunden, der einige Ellen von dem entfernt war, bei dem wir mit dem Graben begonnen hatten.

Rund um diese neue Stelle wurde nun ein Kreis gezogen, der etwas größer war als der vorige, und wieder begannen wir mit dem Spaten zu arbeiten. Ich war furchtbar müde; aber mein Widerwillen gegen die mir auferlegte Mühe war jetzt geschwunden, obschon ich den Wechsel in meiner Anschauung nicht begriff. Mich überkam ein unerklärlicher Eifer - ja geradezu eine Begeisterung. Vielleicht war in dem seltsamen Betragen Legrands so etwas wie Bedachtsamkeit und Umsicht, das auf mich Eindruck machte. Ich grub eifrig weiter und ertappte mich hie und da dabei, wie ich geradezu mit Erwartung nach dem erträumten Schatz ausspähte, der meinen unglücklichen Gefährten um den Verstand gebracht hatte.

Als wir etwa anderthalb Stunden gearbeitet hatten und jene merkwürdige Spannung mich wieder besonders stark beherrschte, wurden wir von neuem durch ein wildes Geheul unseres Hundes gestört. Seine Unruhe war beim erstenmal wohl nichts als Spielerei oder Laune gewesen, jetzt aber nahm sie einen ernsten und drohenden Ton an. Als Jupiter wiederum versuchte, ihm das Maul zuzubinden, leistete er rasenden Widerstand, sprang in die Grube und warf mit seinen Klauen wütend die Erde auf. In wenigen Sekunden hatte er einen Haufen menschlicher Knochen bloßgelegt, die zwei vollständige Skelette bildeten; dazwischen lagen mehrere Metallknöpfe und Reste vermoderten Wollstoffes. Ein oder zwei Spatenstiche förderten die Klinge eines spanischen Messers zutage, und beim Weitergraben kamen drei bis vier verstreute Gold- und Silbermünzen ans Licht.

Beim Anblick dieser Münzen wurde Jupiter von ganz unbändiger Freude erfaßt, die Mienen seines Herrn aber drückten geradezu Enttäuschung aus. Er eiferte uns jedoch an, die Arbeit fortzusetzen, und die Aufforderung war kaum ergangen, als ich stolperte und vornüber hinfiel: ich war mit der Schuhspitze in einem Eisenring hängengeblieben, der halb versteckt im weichen Boden lag.

Wir schafften jetzt im Ernst, und nie habe ich zehn Minuten größerer Aufregung durchlebt. In dieser Zeit hatten wir glücklich eine längliche Holzkiste bloßgelegt, deren tadelloser Zustand und auffallende Festigkeit den Schluß zuließen, daß sie einem künstlichen Versteinerungsprozeß - vermutlich mit Quecksilberchlorid - unterworfen worden war.

Diese Kiste war drei und einen halben Fuß lang, drei Fuß breit und zwei und einen halben Fuß tief. Sie war durch schmiedeeiserne genietete Bänder, die das Ganze wie mit Gitterwerk umfaßten, fest verwahrt. Auf jeder Seite der Kiste befanden sich ziemlich oben drei Eisenringe - im ganzen sechs -, an denen sie von sechs Personen bequem und sicher getragen werden konnte. Unsere äußersten gemeinsamen Anstrengungen erzielten nur eine geringe Verschiebung des Koffers aus seiner Lage. Wir sahen sogleich die Unmöglichkeit, ein so großes Gewicht herauszuheben. Glücklicherweise bestand der einzige Verschluß des Deckels in zwei Schiebebolzen. Diese zogen wir bebend in atemloser Erwartung auf. In einem Augenblick lag ein Schatz von unberechenbarem Wert schimmernd vor uns. Als die Strahlen der Laternen in die Grube fielen, flammte von einem Durcheinander von Gold und Juwelen ein gleißendes Funkeln auf, das uns fast blendete.

Ich will nicht versuchen zu beschreiben, mit welchen Gefühlen ich hinunterstarrte; Staunen war natürlich vorherrschend. Legrand schien vor Aufregung erschöpft und sagte nur wenig. Jupiters Antlitz wurde minutenlang so tödlich bleich, wie die Natur der Dinge dies einem Negergesicht erlaubt. Er schien betäubt – vom Blitz getroffen. Plötzlich sank er in der Grube in die Knie, wühlte die nackten Arme bis zu den Ellenbogen ins Gold und ließ sie da ruhen, als genieße er die Wonnen eines Bades. Endlich, nach einem tiefen Seufzer, rief er wie im Selbstgespräch aus:

»Und das alles sein kommen von das Goldkäfer! O das hübsches Goldkäfer! Das armes kleines Goldkäfer, was ich haben schimpfen so sehr viel bös! ... Mussen du dich nicht schämen, Nigger? ... Sagen mir das!«

Es wurde schließlich nötig, daß ich Herrn wie Diener mahnte, den Schatz schleunigst wegzuschaffen. Es wurde spät, und wir mußten uns beeilen, um alles vor Tagesanbruch bergen zu können. Wie das geschehen sollte, war allerdings schwer zu sagen, und viel Zeit wurde durch Beratungen verschwendet – so wirr waren alle unsere Gedanken. Endlich erleichterten wir die Kiste um zwei Drittel ihres Inhaltes, wonach es uns mit einiger Mühe gelang, sie aus dem Loch zu heben. Die herausgenommenen Gegenstände wurden unter das Brombeergesträuch gelegt, und der Hund, dem Jupiter einschärfte, keinesfalls von der Stelle zu weichen noch vor unserer Rückkehr einen Laut von sich zu geben, mußte als Wächter zurückbleiben. Dann eilten wir mit unserer Kiste heim und langten glücklich, doch nach ungeheurer Anstrengung, morgens ein Uhr in der Hütte an. Ermattet, wie wir waren, konnten wir unmöglich sogleich weiterarbeiten. Wir ruhten bis zwei und hielten unser Nachtmahl. Dann brachen wir wieder nach dem Festland auf, mit drei großen Säcken versehen, die sich glücklicherweise im Haus vorgefunden hatten. Kurz vor vier trafen wir bei der Grube ein, verteilten den Rest der Beute möglichst gleichmäßig unter uns drei und machten uns, ohne die Löcher wieder zuzuschütten, von neuem auf den Heimweg. Wir erreichten die Hütte, gerade als die ersten schwachen Strahlen der Morgensonne im Osten die Baumspitzen röteten, und legten zum zweiten Male unsere goldene Bürde nieder.

Wir waren jetzt völlig erschöpft, doch viel zu aufgeregt, um wirklich Ruhe zu finden. Nach drei bis vier Stunden unruhigen Schlafes erhoben wir uns wie auf Verabredung, um unseren Schatz zu untersuchen.

Die Kiste war bis zum Rand gefüllt gewesen, und wir verbrachten den ganzen Tag und den größten Teil der folgenden Nacht mit der Sichtung ihres Inhalts, der offenbar ohne Ordnung zusammengehäuft worden war. Nachdem wir alles sorgfältig sortiert, sahen wir uns im Besitz eines Reichtums, der unsere ersten Vermutungen bei weitem übertraf. An barem Geld gab es mehr als hundertfünfzigtausend Dollar - wenn wir die Münzen, so gut es ging, nach dem jetzigen Wert berechneten. Nicht ein Silberstückchen war zu finden; es waren ausschließlich alte ausländische Goldmünzen - französisches, spanisches und deutsches Geld nebst ein paar englischen Guineen und einigen Spielmarken, wie wir solche nie vorher gesehen hatten. Da gab es mehrere sehr große und schwere Goldstücke, die so abgenutzt waren, daß wir ihre Inschriften nicht mehr entziffern konnten. Amerikanisches Geld war gar nicht vorhanden.

Den Wert der Juwelen abzuschätzen, war schwieriger für uns. Da gab es Diamanten - einige davon außerordentlich groß und schön - hundertundzehn im ganzen, und nicht einer gehörte zu den kleinen; achtzehn Rubinen von erstaunlichem Feuer; dreihundertundzehn Smaragden, alle wunderschön; einundzwanzig Saphire und einen Opal. Diese Steine waren sämtlich aus ihren Fassungen gebrochen und lose in die Kiste geworfen worden. Die Fassungen selbst, die wir aus dem anderen Gold heraussuchten, schienen mit dem Hammer zusammengeschlagen zu sein, als sollte dadurch eine Identifikation unmöglich gemacht werden. Außerdem gab es eine Menge reingoldener Schmucksachen; an zweihundert massive Ringe und Ohrringe; prächtige Ketten, an dreißig, wenn ich mich recht erinnere; dreiundachtzig sehr große und schwere Kruzifixe; fünf goldene Weihrauchbecken von größtem Wert; eine umfangreiche goldene Punschbowle mit Weinlaubornamenten und bacchantischen Figuren; zwei wunderbar fein ziselierte Schwertgriffe und viele andere kleine Dinge, deren ich mich im einzelnen nicht mehr entsinnen kann. Das Gewicht dieser Wertsachen betrug mehr als dreihundertundfünfzig Pfund, und in diese Berechnung habe ich hundertsiebenundneunzig prächtige goldene Uhren nicht mit eingeschlossen, worunter sich drei befanden, deren jede fünfhundert Dollar wert war. Viele von ihnen waren sehr alt und, da das Werk mehr oder weniger vom Rost gelitten hatte, als Zeitmesser nicht mehr brauchbar - doch alle waren mit Juwelen besetzt und hatten sehr wertvolle Gehäuse. Wir schätzten in jener Nacht den gesamten Inhalt der Kiste auf anderthalb Millionen Dollar, und bei der späteren Veräußerung des Geschmeides und der Juwelen (einige wenige Dinge hatten wir für unseren Gebrauch zurückbehalten) fand es sich, daß wir den Schatz noch viel zu gering bewertet hatten.

Als wir endlich unsere Prüfung beendet hatten und die erste große Aufregung vorüber war, ließ sich Legrand, der sah, daß ich vor Ungeduld nach einer Erklärung des wunderbaren Rätsels brannte, zu einer umständlichen Schilderung aller damit verknüpften Einzelheiten herbei.

»Sie werden sich«, sagte er, »der Nacht erinnern, da ich Ihnen die flüchtige Skizze reichte, die ich von dem Skarabäus gemacht hatte. Sie werden sich ferner entsinnen, daß ich sehr ärgerlich über Sie wurde, als Sie behaupteten, daß meine Zeichnung eine auffallende Ähnlichkeit mit einem Totenschädel habe. Als Sie dies zum erstenmal sagten, glaubte ich, Sie scherzten; nachher aber rief ich mir die charakteristischen Flecke auf dem Rücken des Insekts ins Gedächtnis zurück und gestand mir selbst, daß Ihre Bemerkung nicht so ganz unbegründet sei. Dennoch ärgerte mich die Verspottung meiner Zeichenkunst, denn ich gelte als leidlich guter Zeichner. Als Sie mir daher das Pergamentstückchen reichten, wollte ich es zerknittern und ärgerlich ins Feuer werfen.«

»Das Papierstückchen meinen Sie?« sagte ich.

»Nein. Es hatte viel Ähnlichkeit mit Papier, und zuerst hielt ich es auch für Papier; doch als ich darauf zu zeichnen begann, merkte ich sogleich, daß es ein Fetzen feinsten Pergamentes war. Sie werden sich erinnern: es war ganz schmutzig. Nun, als ich es gerade zu zerknittern begann, fiel mein Blick auf die Skizze, und denken Sie sich mein Erstaunen, als ich tatsächlich genau an der Stelle, wo ich den Käfer hingezeichnet zu haben glaubte, das Abbild eines Totenkopfes gewahrte. Einen Augenblick war ich zum Nachdenken viel zu verblüfft. Ich wußte, daß meine Zeichnung im einzelnen sehr abweichend von diesem Bild gewesen war - obgleich man eine gewisse Ähnlichkeit der Umrißlinie zugeben mußte. Ich nahm sofort ein Licht, setzte mich in den fernsten Winkel des Zimmers und machte mich daran, das Pergament genauer zu prüfen. Als ich das Blatt herumdrehte, sah ich auf der Rückseite meine eigene Skizze, genauso, wie ich sie gemacht hatte. Mein erster Gedanke nun war lediglich der des Erstaunens über die wirklich sonderbare Übereinstimmung der Umrisse - über das merkwürdige Zusammentreffen, das in der Tatsache lag, daß sich genau unter meiner Zeichnung des Skarabäus auf der anderen Seite des Pergaments, ohne daß ich es wußte, das Bild eines Schädels befunden habe und daß dieser Schädel nicht nur im Umriß, sondern auch im Umfang so ganz meinem Käferbild ähnlich gewesen sein sollte. Ich sage, die Wunderlichkeit dieses Zusammentreffens verblüffte mich eine Zeitlang vollständig. Das ist fast immer die Wirkung solcher Zufälle. Der Geist müht sich, Beziehungen aufzudecken - eine Kette von Ursachen und Wirkungen - und leidet, da dies ihm unmöglich ist, unter zeitweiser Lähmung. Als ich mich aber von dieser Betäubung erholte, dämmerte allmählich in mir eine Überzeugung auf, die mich noch weit mehr überraschte als jenes zufällige Zusammentreffen. Ich begann mich klar und bestimmt zu erinnern, daß keine Zeichnung auf dem Pergament gewesen war, als ich darauf meine Skizze des Skarabäus machte. Fester und fester wurde diese Überzeugung in mir, da ich mit Sicherheit wußte, daß ich auf der Suche nach der reinsten Stelle zuerst die eine und dann die andere Seite geprüft hatte. Wäre der Schädel damals dagewesen, so hätte er meinen Augen unmöglich entgehen können. Hier war also wirklich ein Geheimnis, das ich mir nicht erklären konnte; aber schon damals glühte in den entlegensten, geheimsten Kammern meines Intellekts eine schwache Ahnung von jener Wahrheit auf, welche das Abenteuer der letzten Nacht so glänzend erwiesen hat. Sofort stand ich auf, verwahrte sorgfältig das Pergament und verschob jedes weitere Nachsinnen, bis ich allein sein würde.

Als Sie gegangen waren und Jupiter fest schlief, ging ich von neuem und mit mehr Methode an die Untersuchung der Sache.

Zunächst überlegte ich, wie ich in den Besitz des Pergamentes gekommen war. Der Ort, wo wir den Skarabäus gefunden hatten, lag auf der Küste des Festlandes, ungefähr eine Meile östlich von der Insel, und war nur wenig über den Wasserstand der Flutzeit erhöht. Als ich das Tier ergriff, kniff es mich so heftig in den Finger, daß ich es wieder fallen ließ. Der vorsichtige Jupiter aber, auf den das Insekt zugekrochen kam, sah sich nach einem Blatt oder dergleichen um, womit er es anfassen könnte. Da fiel sein Blick - und auch der meinige - auf das Pergamentstückchen, das ich damals für Papier hielt. Es lag fast ganz im Sand begraben, und nur ein Eckchen schaute hervor. Nicht weit von der Stelle, wo wir es fanden, erblickte ich die Überreste eines Langbootes. Das Wrack mußte schon lange da gelegen haben, denn die Hölzer waren kaum noch als Schiffsmaterial erkennbar.

Jupiter hob also das Pergamentstück auf, wickelte den Käfer hinein und gab es mir. Bald darauf machten wir uns wieder auf den Heimweg und begegneten Leutnant G. Ich zeigte ihm das Insekt, und er bat mich um die Erlaubnis, es nach dem Fort mitnehmen zu dürfen. Da ich einwilligte, ließ er es in die Westentasche gleiten - ohne das Pergament, das ich, solange er den Käfer betrachtet hatte, in der Hand gehalten. Vielleicht fürchtete er, ich könne noch anderer Sinnesart werden, und hielt es für das beste, den Schatz gleich in Sicherheit zu bringen. Sie wissen ja, wie begeistert er naturgeschichtliche Studien treibt. Gleich darauf mußte ich wohl, ohne es selbst zu wissen, das Pergament in die Tasche gesteckt haben.

Sie wissen wohl noch, daß ich an jenem Abend an den Tisch trat und mich dort nach einem Stückchen Papier umsah, um darauf den Käfer zu skizzieren; es lag aber keins da. Ich suchte im Fach, fand jedoch auch hier keins. Ich griff in meine Taschen, in der Hoffnung, irgendeinen alten Brief zu finden, als meine Hand das Pergament fühlte. Ich erzähle Ihnen deshalb so genau die Einzelheiten, wie es in meinen Besitz gekommen ist, weil gerade diese Einzelheiten besonderen Eindruck auf mich gemacht hatten.

Sicher werden Sie mich für sehr phantastisch halten - aber schon hatte ich gewisse Beziehungen gefunden. Ich hatte zwei Glieder einer langen Kette zusammengefügt: da lag das Wrack eines Bootes und nicht weit davon ein Pergament - *nicht ein Papier* - mit einem darauf abgebildeten Schädel. Sie werden natürlich fragen: wo sind denn die Beziehungen? Ich erwidere: der Schädel oder Totenkopf ist das wohlbekannte Wappenbild des Piraten. Die Flagge mit dem Totenkopf wird bei jedem Kampf gehißt.

Ich habe gesagt, daß der Fetzen Pergament und nicht Papier war. Pergament ist dauerhaft – fast unzerstörbar. Dinge von geringer Bedeutung werden selten dem Pergament anvertraut, da es zum einfachen Schreiben oder Zeichnen längst nicht so bequem ist wie Papier. Diese Erwägung brachte mich dahin, dem Wappenbild des Piraten auf einem Pergamentblatt eine besondere Bedeutung unterzulegen. Ich versäumte auch nicht, die Form des Pergamentes zu prüfen. Obschon eine seiner Ecken irgendwie zerstört worden war, konnte man sehen, daß das ursprüngliche Format länglich gewesen war. Es war tatsächlich gerade so ein Blatt, wie man es für ein Memorandum gewählt haben mochte – für ein Dokument, das lange erhalten bleiben und sorgsam aufbewahrt werden sollte.«

»Aber«, warf ich ein, »Sie sagen doch auch, der Schädel sei nicht auf dem Pergament gewesen, als Sie die Zeichnung des Käfers machten. Wie können Sie denn da irgendwelche Beziehungen zwischen dem Boot und dem Totenkopf aufstellen – da der letztere, wie sie selbst zugeben, zu einer Zeit gezeichnet sein muß (Gott allein mag wissen, wie und von wem), als Ihre Skizze des Skarabäus schon fertig war?«

»Ja, hierauf beruhte gerade das ganze Geheimnis; obgleich ich, einmal bei diesem Punkt angelangt, alles Folgende verhältnismäßig leicht enträtselte. Meine Schlüsse waren so folgerichtig, daß sie nur zu einem einzigen Resultat führen konnten. Ich schloß zum Beispiel so: Als ich den Käfer zeichnete, war kein Totenkopf auf dem Pergament sichtbar; als ich die Zeichnung fertig hatte, gab ich sie Ihnen und hielt Sie fest im Auge, bis Sie sie zurückgaben. Sie zeichneten also nicht den Schädel, und sonst war niemand da, der es hätte tun können. Es war also nicht durch Menschenhand geschehen – und dennoch *war* es geschehen!

Als ich in meinen Überlegungen so weit gekommen war, versuchte ich mit aller Kraft meines Erinnerungsvermögens mich in den in Frage stehenden Abend zurückzuversetzen – und das gelang mir auch. Der Tag war kalt gewesen (o seltener und glücklicher Zufall!), und ein Feuer brannte im Kamin. Ich war von der Anstrengung des Tages ermüdet und saß am Tisch; Sie aber hatten sich einen Stuhl zum Feuer gerückt. Gerade als ich Ihnen das Pergament gereicht hatte und Sie es betrachten wollten, kam Wolf, der Neufundländer, herein und sprang an Ihnen empor. Mit der linken Hand streichelten Sie ihn und wehrten ihn ab, während Ihre Rechte, die das Pergament hielt, lässig auf den Knien und nahe bei der Glut lag. Einen Augenblick dachte ich, die Flamme habe das Blatt ergriffen, und wollte Sie warnen, doch ehe ich reden konnte, hatten Sie das Blatt wieder höher gehoben und sahen es an.

Wenn ich alle diese Einzelheiten in Betracht zog, zweifelte ich keinen Moment, daß Hitze die Kunst gewesen war, die den Totenkopf, den ich da auf dem Pergament sah, ans Licht gebracht hatte. Sie wissen ja wohl, daß es chemische Präparate gibt und seit uralten Zeiten gegeben hat, mit deren Hilfe es möglich ist, auf Papier oder Pergament zu schreiben, so daß die Schriftzeichen nur durch Einwirkung von Feuerhitze sichtbar werden. Manchmal wird Saflor verwendet, das in Königswasser aufgelöst und mit dem vierfachen Gewicht Wasser verdünnt eine grüne Tinte ergibt; eine rote erhält man, wenn man Kobalt in Salpetergeist auflöst. Diese Tinten verschwinden, nachdem sie abgekühlt sind, auf längere oder kürzere Zeit, werden aber bei Einwirkung von Hitze wieder sichtbar.

Ich untersuchte nun den Totenkopf mit der größten Sorgfalt. Seine äußeren Linien, die Linien, die dem Rand des Blattes am nächsten kamen, waren weit deutlicher zu sehen als die anderen. Es war klar, daß die Erhitzung unvollkommen oder ungleichmäßig vorgenommen worden war. Ich zündete sogleich ein Feuer an und setzte das ganze Pergament gleichmäßig der Hitze aus. Zunächst war die einzige Wirkung ein stärkeres Hervortreten der blassen Schädelzeichnung; als ich aber das Experiment fortsetzte, erschien an der dem Totenkopf diagonal entgegengesetzten Ecke des Blattes das Bild eines Tieres, das ich zuerst für eine Geiß hielt. Bei näherem Zusehen aber fand ich, daß es ein Zicklein vorstellte.«

»Haha«, lachte ich, »eigentlich habe ich keinen Grund, Sie auszulachen – anderthalb Millionen sind etwas zu Ernstes, um darüber zu lachen –, aber Sie wollen doch da nicht etwa Ihrer Kette ein drittes Glied anfügen – Sie wollen doch nicht eine besondere Beziehung zwischen Ihrem Piraten und einer Ziege herausfinden? Denn Piraten scheinen mir mit Ziegen durchaus nichts zu tun zu haben - diese gehören vielmehr in den Bereich der Landwirtschaft.«

»Aber ich sagte Ihnen doch, das Bild sei nicht das einer Ziege gewesen.«

»Schön - also ein Zicklein - das ist doch so ziemlich dasselbe.«

»So ziemlich, aber nicht ganz«, sagte Legrand. »Sie haben vielleicht von einem gewissen Kapitän Kidd[1] gehört. Sofort hielt ich das Tierbild für eine Art scherzhaftes Familienwappen und hieroglyphisches Namenszeichen, weil sein Platz auf dem Pergament das vermuten ließ. Der Totenkopf in der diagonal gegenüberliegenden Ecke schien gleicherweise so etwas wie ein Stempel oder Siegel zu sein. Da aber sonst durchaus nichts auf dem Blatt erscheinen wollte, wurde ich in meiner Annahme doch sehr erschüttert; mir fehlte der Resonanzboden zu meinem erdachten Instrument - der Text zu meinem Kontext.«

»Ich verstehe; Sie erwarteten, zwischen dem Stempelbild und dem Namensbild einen Brief zu finden.«

»Etwas dergleichen. Tatsache ist, daß ich eine unerklärliche Vorahnung irgendeines gewaltigen Glücksfalls hatte. Ich weiß kaum, warum. Vielleicht war es mehr ein Wunsch als ein wirklicher Glaube; aber wissen Sie auch, daß Jupiters alberne Äußerung, der Käfer sei ganz aus Gold, von merkwürdigem Einfluß auf meine Einbildungskraft war? Und dann die Reihe von Zufällen und Zusammenhängen - das war alles so sehr merkwürdig. Wissen Sie noch, welch reiner Zufall es war, daß diese Ereignisse sich gerade an dem einzigen Tag im Jahr abspielten, an dem es kalt genug gewesen war, daß man ein Feuer anzünden mußte und daß ohne dies Feuer oder ohne das Dazwischenkommen des Hundes gerade in dem richtigen Augenblick ich niemals den Totenkopf erblickt und also auch niemals Besitzer des Schatzes geworden wäre?«

»Weiter, nur weiter! Ich bin gar zu neugierig.«

»Schön also. Gewiß haben auch Sie die abenteuerlichen Geschichten gehört - die tausend dunklen Andeutungen darüber, daß Kidd

---

[1] Kid (englisch) heißt Zicklein

und seine Genossen irgendwo an der atlantischen Küste einen Goldschatz vergraben haben sollen. Dies Gerede muß doch in einer Tatsache begründet sein; und daß es sich gar so lange erhalten konnte, schien mir Beweis dafür, daß der vergrabene Schatz noch immer nicht gehoben sei. Hätte Kidd seinen Raub nur eine Zeitlang verborgen und später wieder an sich genommen, so wären diese Schatzmärchen wohl kaum in ihrer immer unveränderten Gestalt bis auf uns gelangt. Es wird Ihnen auffallen, daß die Geschichten alle von Goldsuchern, nicht von Goldfindern handeln. Hätte der Pirat sein Geld wiedergefunden, so wäre die Sache damit erledigt gewesen. Es schien mir, als habe irgendein Zufall – sagen wir mal der Verlust eines Schriftstückes, das genaue Angaben über den Ort des Verstecks enthielt – ihm die Möglichkeit einer Wiederauffindung genommen und als sei dieser Umstand seinen Spießgesellen bekanntgeworden; sonst hätten diese wohl niemals von einem vergrabenen Schatz gehört und durch ihre vergeblichen Versuche einer Wiederauffindung und ihre diesbezüglichen Gespräche Veranlassung zu den Gerüchten gegeben. Haben Sie je davon gehört, daß an der Küste ein Schatz ausgegraben worden sei?«

»Nein, nie.«

»Daß aber Kidds geraubte Schätze enorm gewesen sein müssen, ist wohl bekannt. Ich hielt es also für gewiß, daß sie noch in der Erde ruhten; und es wird Sie wohl nicht weiter wundern, wenn ich Ihnen sage, daß ich die bestimmte Hoffnung hegte, das auf so seltsame Weise in meinen Besitz gelangte Pergament enthalte den verlorenen Bericht über den Ort, wo der Schatz verborgen liege.«

»Doch was taten Sie nun?«

»Ich fachte das Feuer stärker an und hielt das Pergamentstück wieder dagegen; aber es kam nichts zum Vorschein. Da kam mir der Gedanke, die Schmutzkruste, mit der das Blatt wie überzogen war, könne mit dem Fehlschlagen meiner Erwartungen in Zusammenhang stehen; ich übergoß also das Pergament behutsam mit warmem Wasser, legte es dann, den Totenkopf nach unten, in eine zinnerne Pfanne und stellte diese auf ein glühendes Kohlenbecken. Als die Pfanne nach einigen Minuten heiß war, nahm ich das Blatt heraus und fand es zu meiner unaussprechlichen Freude hie und da mit reihenweise angeordneten Zeichen bedeckt. Wieder legte ich es in die Pfanne und ließ es noch eine Minute darin. Als ich es diesmal herausnahm, war das Ganze so, wie Sie es jetzt hier sehen.«

Legrand, der inzwischen das Pergamentblatt erhitzt hatte, reichte es mir. Zwischen dem Totenkopf und der Ziege waren in roter Tinte und ungefüger Schrift folgende Zeichen zu sehen:

53††+305))6*;4826)4†.)4†);806*
;48+8II60))85;1†(;:†*8+83(88)5*
+;46(;88*96*?;8)*†(;485);5*+2:*
†(;4956*2(5*–4)8II8*;4069285);)
6+8)4††;1(†9;48081;8:8†1;48+85
;4)485+528806*81(†9;48;(88;4(†
?34;48)4†;161;:188;†?;

»Nun«, sagte ich, ihm das Blatt wieder hinreichend, »ich bin um kein Haar klüger als zuvor. Und wenn meiner nach Lösung dieses Rätsels alle Juwelenschätze Golkondas warteten – ich bin gewiß, sie nicht gewinnen zu können.«

»Und doch«, sagte Legrand, »ist die Lösung durchaus nicht so schwierig, wie Sie bei flüchtigem Betrachten annehmen könnten. Die Zeichen bilden, wie jeder leicht erraten wird, eine Geheimschrift – ich meine, sie enthalten einen Sinn. Aber nach alledem, was von Kidd bekannt ist, konnte ich ihm nicht die Fähigkeit zuschreiben, eine wirklich schwer enträtselbare Geheimschrift zu erfinden. Ich nahm also ohne weiteres an, daß sie recht einfach sein müsse – doch immerhin derart, daß sie dem ungebildeten Seemann ganz unverständlich erscheinen müsse, solange der Schlüssel dazu fehlte.«

»Und Sie fanden ihn wirklich?«

»Unschwer; ich habe zehntausendmal dunklere Geheimschriften enträtselt. Die Umstände und auch eine Art Neigung gaben mir ein gewisses Interesse für derlei Rätsel, und mit Recht mag es bezweifelt werden, ob menschlicher Scharfsinn ein Rätsel ersinnen könne, das menschlicher Scharfsinn nicht durch Ausdauer zu lösen vermöchte. Ja, tatsächlich, nachdem es mir gelungen war, zusammenhängende und lesbare Schriftzeichen aufzudecken, maß ich der bloßen Schwierigkeit ihrer Entzifferung kaum noch Bedeutung bei.

Im vorliegenden Fall – wie übrigens bei jeder Geheimschrift – galt die erste Frage der Sprache, in der die Schrift abgefaßt war; denn das Prinzip der Entzifferung, wenigstens soweit es die einfacheren Geheimschriften anlangt, steht mit gewissen Eigentümlichkeiten des entsprechenden Idioms im engsten Zusammenhang. Um nun die betreffende Sprache ausfindig zu machen, bleibt dem, der die Lösung versucht, nichts anderes übrig, als der Reihe nach mit jedem ihm bekannten Idiom den Versuch zu wagen. Bei der vorliegenden Schrift nun war ich durch das Namenszeichen aller Zweifel enthoben. Das Wortspiel ›Kidd‹ ist in keiner anderen Sprache als der englischen möglich. Ohne dieses Hilfsmittel aber hätte ich meine Versuche mit Spanisch oder Französisch eingeleitet, das heißt mit den Sprachen, die ein Pirat der spanischen Gewässer wohl am ehesten zu schreiben versteht. Wie die Dinge hier jedoch lagen, hielt ich die Schrift für englisch.

Wie Sie sehen, weisen die Zeichen keine Wortzwischenräume auf; wären solche vorhanden gewesen, so hätte ich verhältnismäßig leichte Arbeit gehabt. Dann hätte ich nämlich mit Analysieren und Vergleichen der kürzesten Wörter begonnen, und hätte ich ein Wort von nur einem Buchstaben gefunden, was ziemlich wahrscheinlich war (ein a oder I z. B.), so wäre ich der Lösung gewiß gewesen. Da aber keine Zwischenräume vorhanden waren, war mein erster Schritt, die vorherrschenden wie die am seltensten vorkommenden Buchstaben festzustellen. Nachdem ich alle gezählt, ergab sich folgende Tabelle:

Die Chiffre	8	ist	33mal vertreten
	;		26mal vertreten
	4		19mal vertreten
	† und)		16mal vertreten
	*		13mal vertreten

5	12mal vertreten
6	11mal vertreten
(	10mal vertreten
+ und 1	8mal vertreten
0	6mal vertreten
9 und 2	5mal vertreten
: und 3	4mal vertreten
?	3mal vertreten
II	2mal vertreten
- und .	1mal vertreten.

Nun ist im Englischen das e der am häufigsten vorkommende Buchstabe. Die weitere Reihenfolge ist so: a o i d h n r s t u y c f g l m w b k p q x z . E ist in so auffallender Weise vorherrschend, daß es kaum einen Satz gibt, in dem es nicht der häufigste Buchstabe ist.

So haben wir nun also gleich zu Anfang die Grundlage für etwas, das mehr als bloßes Erraten ist. Wie solche Tabelle angewendet wird, ist leicht ersichtlich – für die vorliegende Schrift aber werden wir ihrer Hilfe nur teilweise bedürfen. Da unser vorherrschendes Zeichen 8 ist, so wollen wir damit beginnen, es als das e des Alphabetes anzusehen. Um die Richtigkeit dieser Annahme nachzuprüfen, wollen wir sehen, ob 8 häufig paarweise steht – denn e findet im Englischen oft paarweise Anwendung, z. B. in Worten wie ›meet‹, ›fleet‹, ›speed‹, ›seen‹, ›been‹, ›agree‹ usw. Hier in unserm

Fall erscheint es nicht weniger als fünfmal paarweise, obwohl die Aufzeichnung nur kurz ist.

Nehmen wir also an, 8 sei e. Nun ist von allen Wörtern der englischen Sprache der Artikel the das häufigste; wir wollen darum nachsehen, ob wir nicht mehrmals drei in gleicher Reihenfolge stehende Zeichen finden, deren letztes 8 ist. Finden wir mehrere so angeordnete drei Buchstaben, so ist mit ziemlicher Sicherheit anzunehmen, daß sie das Wort the vorstellen. Bei Nachprüfung finden wir nicht weniger als sieben solcher Zeichenstellungen, nämlich siebenmal die zusammenhängenden Zeichen ;48. Wir können daher folgern, daß ; für t, 4 für h und 8 für e steht – was für das letzte Zeichen schon voll erwiesen ist. So haben wir also schon einen großen Schritt gewonnen.

Durch Feststellung eines einzigen Wortes aber haben wir einen sehr wichtigen Punkt festgelegt, nämlich einige Anfänge und Endungen anderer Worte. Sehen wir uns z. B. die Stelle an, wo die Kombination ;48 zum vorletzten Male vorkommt – fast am Ende der Aufzeichnung. Wir wissen, daß das unmittelbar daran anschließende ; den Anfang eines Wortes bildet, und von den auf das *the* folgenden sechs Schriftzeichen sind uns nicht weniger als fünf bekannt. Schreiben wir uns also die Buchstaben, die sie vorstellen sollen, auf, indem wir für den uns noch unbekannten einen kleinen Zwischenraum frei lassen. *t eeth*

Hier können wir sofort feststellen, daß wir das *the* vorläufig unberücksichtigt lassen müssen, da es unmöglich einen Teil von dem mit *t* anfangenden Wort bilden kann. Dies ergibt sich leicht, wenn wir auf der Suche nach dem einzusetzenden Buchstaben das ganze Alphabet durchgehen. Wir sind also auf das

t ee

beschränkt, und wenn wir nun nochmals das Alphabet durchgehen, kommen wir auf das Wort *tree* als einzig mögliche Lesart. Wir gewinnen so einen neuen Buchstaben, dargestellt durch das Zeichen (, und die nebeneinander stehenden Worte *the tree.*

Wenn wir nun ein kurzes Stückchen weiterblicken, so sehen wir wieder die Kombination ;48. Setzen wir an unsere gefundenen zwei

Worte die darauf folgenden Zeichen an und bilden mit dem nächsten *the* den Schluß.

the tree ;4(†?34 the

Nach Einsetzung der uns bereits bekannten Buchstaben erhalten wir

the tree thr †?3h the

Lassen wir nun an Stelle der unbekannten Zeichen entsprechenden Raum oder setzen wir Punkte ein, so lesen wir

the tree thr...h the

wodurch wir sofort auf das Wort *through* geraten. Diese Entdeckung verschafft uns wieder drei neue Buchstaben, nämlich *o*, *u* und *g*, dargestellt durch † ? und 3.

Wenn wir jetzt die Geheimschrift nach Zusammenstellung bekannter Zeichen genau durchsehen, finden wir nicht weit vom Anfang diese Anordnung

83(88 = egree

was offenbar der Schluß des Wortes degree sein soll und uns wiederum einen Buchstaben gibt, nämlich d, dargestellt durch +.

Vier Buchstaben hinter dem Wort degree sehen wir die Kombination

;46(;88*

Indem wir die bekannten Zeichen übersetzen und die unbekannten wie vorher durch Punkte markieren, lesen wir dies:

th.rtee.

eine Zusammenstellung, die sofort auf das Wort thirteen führt und uns wiederum zwei neue Zeichen erklärt: 6 = i und * = n.

Wenden wir uns nun dem Anfang der Geheimschrift zu, so finden wir die Kombination

53††+

Wie vorher übersetzend erhalten wir .

. good

was uns den ersten Buchstaben als a erkennen läßt und die ersten beiden Worte als

A good

Nun ist es Zeit, daß wir unsern Schlüssel, soweit wir ihn entdeckt haben, zu einer Tabelle formulieren, um Irrtümer zu vermeiden. Sie wird so aussehen:

5 = a

+ = d

8 = e

3 = g

4 = h

6 = i

*** = n**

† = o

(= r

; = t

Wir haben also nicht weniger als zehn der wichtigsten Buchstaben festgestellt, und es ist wohl unnötig, die einzelnen Abschnitte der Auflösung weiterhin zu entwickeln. Ich habe genug gesagt, um Sie zu überzeugen, daß Geheimschriften solcher Art leicht enträtselbar sind, und Ihnen einen Einblick in das anzuwendende Verfahren zu geben. Behalten Sie aber immer im Auge, daß die uns vorliegende Geheimschrift zu den allereinfachsten ihrer Art gehört. Es bleibt nun nur noch übrig, Ihnen die vollständige Übersetzung der Pergamentnotiz zu geben. Hier ist sie:

A good glass in the bishop's hostel in the devil's seat forty-one degrees and thirteen minutes northeast and by north main branch seventh limb east side shoot from the left eye of the death's-head a bee line from the tree through the shot fifty feet out.«[2]

»Aber«, sagte ich, »das Rätsel scheint noch geradeso unentwirrbar wie vorher. Wie ist es möglich, aus all diesem Kauderwelsch von *devil's seats, death's-heads* und *bishop's hotels* einen Sinn herauszutüfteln?«

»Ich gestehe«, erwiderte Legrand, »daß die Sache noch immer bedenklich aussieht, wenn man sie nur oberflächlich betrachtet. Mein erstes Bemühen war, das Ganze in die vom Schreiber gemeinten Einzelsätze zu zerlegen.«

»Sie meinen, es zu interpunktieren?«

»Ungefähr, ja.«

»Wie aber konnten Sie das bewerkstelligen?«

»Ich sagte mir, daß der Schreiber mit der Fortlassung jeglicher Interpunktion einen besonders schlauen Trick beabsichtigte, um die Entzifferung der Geheimschrift zu erschweren. Nun wird aber ein nicht allzu durchtriebener Kopf sich sicherlich durch Übertreibung der Sache verraten; wenn er beim Niederschreiben einen Gedanken erledigt hat, dies also durch eine Lücke oder einen Punkt angezeigt werden müßte, so wird er sicherlich gerade hier seine Zeichen mehr als nötig aneinanderrücken. Wenn Sie das Manuskript prüfen, so werden Sie mit Leichtigkeit fünf solcher ungewöhnlich zusammengedrängten Stellen wahrnehmen. Diesem Wink folgend, trennte ich die Sache so:

---

[2] Deutsch: Ein gutes Glas in des Bischofs Haus in des Teufels Sitz einundvierzig Grad und dreizehn Minuten nordöstlich und gen Nord Hauptast siebenter Arm Ostseite schieße durch linkes Auge des Totenkopfes eine Meßschnur von dem Baum durch den Schuß fünfzig Fuß hinaus.

A good glass in the bishop's hostel in the devil's seat - forty-one degrees and thirteen minutes - northeast and by north - main branch seventh limb east side - shoot from the left eye of the death's-head - a bee line from the tree through the shot fifty feet out.

»Selbst diese Trennung«, sagte ich, »läßt mich im dunkeln.«

»Auch mich ließ es zunächst im dunkeln«, erwiderte Legrand; »mehrere Tage lang bemühte ich mich in der Gegend von *Sullivans Island* vergeblich um Auskunft über irgendein Gebäude, das den Namen *Bishop's Hotel* führe; den veralteten Ausdruck *hostel* hatte ich natürlich fallenlassen. Da ich durchaus keine Auskunft erhalten konnte, wollte ich gerade den Umkreis meines Forschungsgebietes erweitern und überhaupt systematischer vorgehen, als es mir eines Morgens ganz plötzlich in den Sinn kam, daß dies *Bishops Hostel* mit einer alten Familie namens *Bessop* zusammenhängen könne, die in langvergangener Zeit etwa vier Meilen nordwärts von der Insel einen Herrensitz gehabt hatte. Ich begab mich also in die Pflanzungen hinüber und setzte dort meine Nachfrage unter den ältesten Negern fort. Endlich erzählte eine bejahrte Frau, daß sie von so einem Ort wie *Bessop's Castle* reden gehört habe und daß sie auch glaube, mich hinführen zu können; es sei aber weder ein Schloß noch eine Schenke, sondern ein hoher Fels.

Ich bot ihr eine gute Belohnung an, und nach einigem Zögern willigte sie ein, mich zu der Stelle hinzuführen. Wir fanden sie ohne viel Schwierigkeit, und ich entließ das Weib und machte mich daran, den Platz zu untersuchen. Das ›Schloß‹ bestand aus einer unregelmäßigen Anhäufung von Klippen und Felsen - deren einer sowohl durch seine besondere Höhe als auch durch seine freie Lage und seltsame Form bemerkenswert war. Ich kletterte auf seinen Gipfel und war nun recht im Zweifel, was fernerhin zu tun sei.

Während ich so nachsann, fielen meine Blicke auf einen schmalen Vorsprung an der Ostseite des Felsens, etwa ein Meter unter der höchsten Spitze, auf der ich stand. Dieser Vorsprung hatte eine Ausladung von etwa achtzehn Zoll, und seine Breite betrug nur einen Fuß, während eine Vertiefung in dem ihn überragenden Felsstück dem Ganzen eine gewisse Ähnlichkeit mit den tieflehnigen

Sesseln lieh, wie sie bei unsern Altvordern gebräuchlich waren. Ich zweifelte nicht, den im Manuskript erwähnten ›Teufelssitz‹ gefunden zu haben, und vermeinte nun auch das ganze Geheimnis in Händen zu halten.

Das ›gut Glas‹ konnte sich, wie ich wußte, nur auf ein Teleskop beziehen; denn das Wort ›Glas‹ wird von Seeleuten kaum je in anderem Sinn angewendet. Ich sah also gleich, daß hier ein Teleskop vonnöten war sowie zu seiner Anwendung ein fester Standort, der *nicht die geringste Abweichung* zuließe. Ich wußte nun ferner, daß die Bezeichnungen ›einundvierzig Grad und dreizehn Minuten‹ und ›nordöstlich und gen Norden‹ Richtungsangaben zur Einstellung des Glases bedeuteten. Mächtig aufgeregt durch diese Entdeckungen eilte ich heim, holte ein Teleskop und kehrte auf den Felsen zurück.

Ich ließ mich auf den Vorsprung hinabgleiten und fand, daß man nur an einer einzigen Stelle sich sitzend auf ihn niederlassen konnte. Diese Tatsache bestätigte meine vorgefaßte Meinung. Ich suchte nun das Glas einzustellen. Natürlich konnten die Worte ›einundvierzig Grad und dreizehn Minuten‹ sich nur auf die Höhenlage über dem sichtbaren Horizont beziehen, da die Stelle am Horizont schon durch die Worte ›nordöstlich und gen Nord‹ fest bezeichnet war. Diese letztere Richtung gewann ich ohne jede Schwierigkeit mit Hilfe meines Taschenkompasses. Ich suchte nun, so gut ich konnte, das Glas in einen Winkel von einundvierzig Grad zu bringen und bewegte es ganz langsam auf und nieder, bis meine Aufmerksamkeit durch eine kreisrunde Lücke im Laubwerk eines großen Baumes, der alle andern in der Ferne überragte, gefesselt wurde. Im Mittelpunkt dieser Lücke sah ich einen weißen Fleck, konnte aber zuerst nicht erkennen, was es war. Ich stellte das Teleskop noch schärfer ein, blickte wieder hindurch und kam nun dahinter, daß es ein Menschenschädel sei.

Bei dieser Entdeckung hatte ich die feste Zuversicht, das Rätsel als gelöst betrachten zu dürfen; denn die Angaben ›Hauptast, siebenter Arm, Ostseite‹ konnten sich nur auf den Standort des Schädels auf dem Baum beziehen, während ›schieße durch linkes Auge des Totenkopfs‹ auch nur eine einzige Beziehung haben konnte, nämlich auf den vergrabenen Schatz selbst. Ich sah, daß die Vorschrift besagte, durch das linke Auge sei eine Kugel hindurchzuwerfen und von der zunächst liegenden Stelle des Stammes durch den ›Schuß‹ (oder die Stelle, wo die Kugel niedergefallen) und noch fünfzig Fuß darüber hinaus eine schnurgerade Linie zu ziehen, was einen ganz bestimmten Punkt ergeben mußte. Und dort, unter diesem Punkt – ich hielt das wenigstens für möglich –, mußte ein Gut von Wert verborgen liegen.«

»Alles dies«, sagte ich, »ist durchaus klar und, obschon geistreich ausgeklügelt, doch einfach und verständlich. Doch als Sie des ›Bischofs Haus‹ verließen – was dann?«

»Nun, nachdem ich mir die Lage des Baumes gut gemerkt hatte, ging ich nach Haus. Sowie ich aber ›des Teufels Sitz‹ verlassen hatte, war die kreisrunde Lücke verschwunden, und wie ich mich auch drehte und wendete, ich konnte sie nicht wieder entdecken. Was mir der Hauptwitz an der ganzen Sache schien, war die Tatsache (denn wiederholtes Experimentieren überzeugte mich, daß es Tatsache war), daß die betreffende kreisrunde Öffnung von keinem anderen Punkt sichtbar ist als von dem schmalen Vorsprung auf dem Felsengipfel. Bei diesem Ausflug nach ›des Bischofs Haus‹ war ich von Jupiter begleitet gewesen, der zweifellos schon seit Wochen mein tiefsinniges Wesen bemerkt hatte und große Sorge trug, mich nicht allein zu lassen. Am anderen Tag aber stand ich ganz früh auf, und es gelang mir, ihm auszureißen; ich begab mich in das Hügelgelände, um den Baum zu suchen. Nach vieler Mühe fand ich ihn. Als ich in jener Nacht heimkam, wollte mein Diener mich durchprügeln. Mit dem Rest des Abenteuers sind Sie ja ebenso bekannt wie ich.«

»Ich vermute«, sagte ich, »Sie verfehlten die Stelle bei unserer ersten Nachgrabung durch Jupiters Dummheit, der den Käfer durch das rechte anstatt durch das linke Auge des Schädels fallen ließ.«

»Ganz recht. Dieser Mißgriff ergab eine Differenz von etwa zweieinhalb Zoll im ›Schuß‹, das heißt in der Stellung des Pflocks zum Baum; und hätte sich der Schatz *unter* dem ›Schuß‹ befunden, so wäre der Irrtum ohne Bedeutung gewesen. Aber der ›Schuß‹ nebst dem nächsten Punkt des Baumes waren lediglich zwei Punkte zur Aufstellung einer Richtungslinie; so gering der Irrtum anfänglich auch gewesen, so sehr vergrößerte er sich bei Fortführung der Linie und warf uns, als wir fünfzig Fuß erreicht hatten, ganz aus der Spur. Hätte ich nicht die tiefinnerliche Überzeugung gehabt, daß hier herum tatsächlich ein Schatz vergraben sei, so wäre alle unsere Arbeit umsonst gewesen.«

»Aber Ihr großartiges Auftreten und Ihr merkwürdiges Getue mit dem Käfer, das Hinundherschwingen - wie sonderbar war dies alles! Ich war überzeugt, Sie seien verrückt. Und warum bestanden Sie darauf, statt einer Flintenkugel den Käfer durch den Schädel fallen zu lassen?«

»Ja - offen gestanden ärgerte mich Ihr ewiger Argwohn in betreff meiner Gesundheit, und ich beschloß daher, Sie auf meine Weise durch ein bißchen Mystifikation zu bestrafen. Aus diesem Grund schwenkte ich den Käfer, und aus diesem Grund ließ ich gerade ihn vom Baum werfen. Eine Bemerkung Ihrerseits über sein großes Gewicht brachte mich auf diesen Gedanken.«

»Ja, ich verstehe. Und nun ist mir noch eins unklar. Was sollen wir von den Gerippen halten, die wir in der Grube fanden?«

»Das ist eine Frage, die ich ebensowenig beantworten kann wie Sie selbst. Es gibt jedoch nur eine einzige einleuchtende Erklärung - ist es auch noch so gräßlich, der entsetzlichen Vermutung, die ich aufstellen will, Glauben zu schenken. Es ist klar, daß Kidd - wenn eben, was ich nicht bezweifle, er es war, der den Schatz vergrub -, ich sage, es ist klar, daß er Helfer bei der Arbeit gehabt haben muß. Nach Beendigung der Arbeit mag er es aber für ratsam gehalten haben, alle Mitwisser des Geheimnisses beiseite zu schaffen. Vielleicht genügten wenige Beilhiebe, während seine Mithelfer in der Grube tätig waren - vielleicht war auch ein Dutzend nötig -, wer kann es sagen?«

Über den Autor

Poe wurde am 19.01.1809 in Boston als Sohn von Schauspielern geboren. Er verwaiste schon als Zweijähriger. 1826 begann er ein Studium an der University of Virginia. 1827 kam er zum Militärdienst, von dem er 1831 entlassen wurde. 1838 heiratete er seine Cousine Virgiania Clemm, die 1847 starb und ihn hilflos zurückließ. Poe lebte in bitterer Armut und starb am 07.10.1849 in Baltimore unter nicht geklärten Umständen.

Über tredition

Eigenes Buch veröffentlichen

tredition wurde 2006 in Hamburg gegründet und hat seither mehrere tausend Buchtitel veröffentlicht. Autoren veröffentlichen in wenigen leichten Schritten gedruckte Bücher, e-Books und audio-Books. tredition hat das Ziel, die beste und fairste Veröffentlichungsmöglichkeit für Autoren zu bieten.

tredition wurde mit der Erkenntnis gegründet, dass nur etwa jedes 200. bei Verlagen eingereichte Manuskript veröffentlicht wird. Dabei hat jedes Buch seinen Markt, also seine Leser. tredition sorgt dafür, dass für jedes Buch die Leserschaft auch erreicht wird.

Im einzigartigen Literatur-Netzwerk von tredition bieten zahlreiche Literatur-Partner (das sind Lektoren, Übersetzer, Hörbuchsprecher und Illustratoren) ihre Dienstleistung an, um Manuskripte zu verbessern oder die Vielfalt zu erhöhen. Autoren vereinbaren direkt mit den Literatur-Partnern die Konditionen ihrer Zusammenarbeit und partizipieren gemeinsam am Erfolg des Buches.

Das gesamte Verlagsprogramm von tredition ist bei allen stationären Buchhandlungen und Online-Buchhändlern wie z. B. Amazon erhältlich. e-Books stehen bei den führenden Online-Portalen (z. B. iBookstore von Apple oder Kindle von Amazon) zum Verkauf.

Einfach leicht ein Buch veröffentlichen: **www.tredition.de**

Eigene Buchreihe oder eigenen Verlag gründen

Seit 2009 bietet tredition sein Verlagskonzept auch als sogenanntes "White-Label" an. Das bedeutet, dass andere Unternehmen, Institutionen und Personen risikofrei und unkompliziert selbst zum Herausgeber von Büchern und Buchreihen unter eigener Marke werden können. tredition übernimmt dabei das komplette Herstellungs- und Distributionsrisiko.

Zahlreiche Zeitschriften-, Zeitungs- und Buchverlage, Universitäten, Forschungseinrichtungen u.v.m. nutzen diese Dienstleistung von tredition, um unter eigener Marke ohne Risiko Bücher zu verlegen.

Alle Informationen im Internet: **www.tredition.de/fuer-verlage**

tredition wurde mit mehreren Innovationspreisen ausgezeichnet, u. a. mit dem Webfuture Award und dem Innovationspreis der Buch Digitale.

tredition ist Mitglied im Börsenverein des Deutschen Buchhandels.

Dieses Werk elektronisch lesen

Dieses Werk ist Teil der Gutenberg-DE Edition DVD. Diese enthält das komplette Archiv des Projekt Gutenberg-DE. Die DVD ist im Internet erhältlich auf **http://gutenbergshop.abc.de**